Impressum:

Autor:

Siegfried Klock
sielok@web.de

Bildrechte:

Alle Bildrechte dieses Buches
liegen beim Autor

Zeichnungen:

Stefan Bents

Coverfotos:

Sabrina Nikolic

Satz und Gestaltung:

Reepsholter Verlag
Henning H. Hinrichs
Langstraßer Weg 8
26 446 Reepsholt
reepsholterverlag@web.de
1. Auflage 2024

Lektorat:

Sabine Ehrenberg

Herstellung und Verlag:

BoD - Books on Demand,
Norderstedt

ISBN: 978 375 830 37 91

Heilige Linie Upstalsboom

Ostfrieslandkrimi

Siegfried Klock

Inhalt

Einleitung

Liebe Freunde des Ostfriesland Krimis!

In meinen ersten beiden Ostfriesland Krimis **Häuptlingstod am Upstalsboom** und **Friesenschwur am Upstalsboom** wurden wir Zeugen der blutigen und terroristischen Machenschaften des Torre Breedenbeek.
Viele Leserinnen und Leser haben mich dazu ermutigt einen dritten Teil zu schreiben, und ich habe mich über die vielen Feedbacks sehr gefreut. Nun kommt mit **Heilige Linie Upstalsboom** der dritte Teil der Trilogie. Alle Handlungen und Personen sind natürlich frei erfunden, außer ich hatte eine Genehmigung sie zu bringen. Mögliche Namensähnlichkeiten sind Zufall und man möge es mir verzeihen, wenn ich auch die eine oder andere Kritik an regionaler und überregionaler Politik mit eingeflochten habe. Der Ursprung der drei Krimis liegt in meiner Tätigkeit als Gründer und Admin der Facebook-Gruppen „Wi sünd Oostfreesen un dat mit Stolt" und „Leckerst un Best van Stolt Oostfreesen", in denen meine Mit-Admins und ich uns mit der Neuentwicklung eines Neujahrskucheneisens mit Ostfrieslandwap-

pen beschäftigt hatten, zusammen mit der Firma Cloer Elektrogeräte in Arnsberg. Die Einmaligkeit dieses 2018 erfolgreich umgesetzten Projekts war für uns eine einschneidende und nachhaltige Erfahrung - aber nicht nur im positiven Sinne. Damals wurde uns aus den eigenen Reihen ein Vorwurf gemacht, in dessen Folge in mir die Idee des ersten Bands entstand. Mit dem vorliegenden Band schließe ich nun die Trilogie ab. Natürlich wieder spannend verpackt und inszeniert an real existierenden Orten in Ostfriesland, um euch diese wunderschönen Flecken Erde ein bissel näher zu bringen. Nach diesem Roman wird es mit Hauptkommissar Okko Bruns und seinen Teams weitergehen, allerdings dann mit abgeschlossenen Fällen aus dem Bezirk Leer.

Prolog

Ein Jahr war vergangen. Ein Jahr nach dem schrecklichen Terroranschlag im Emstunnel in Leer. Okko Bruns, Hauptkommissar in Aurich, saß in seinem Büro und musste sich selbst eingestehen: Er langweilte sich. Seit dem letzten Jahr hatte die Auricher Kripo mit ihm und seinen beiden Kollegen Lana Booken und Lennert Jakobs, nur normale Polizeiroutine abgearbeitet. Die Geschehnisse vom letzten Jahr konnten bisher nicht zufriedenstellend aufgeklärt werden, denn selbst die enormen Schäden wurden immer noch nicht vollständig beseitigt. Auch konnte bisher nicht geklärt werden, wie viele Menschen getötet wurden bzw. alle Identitäten der Toten festgestellt werden. Aber Okko Bruns traute dem Frieden nicht, er spürte, irgendetwas lag in der Luft, irgendetwas würde passieren.....

Die Dinge beginnen

Burg Stickhausen

Regen, Regen und noch mal Regen. Das Wetter war mal wieder typisch ostfriesisch. Jörg Straaten stieg auf dem Parkplatz der Burg Stickhausen aus seinem alten VW Golf und ging mit schnellen Schritten zum Burggelände. Er überquerte die kleine weiße Brücke zur Burganlage und bog nach rechts zum Platz des alten Propellers eines abgestürzten Fliegers aus dem zweiten Weltkrieg ab. Dort blieb er vor einem alten mächtigen Baum stehen und betrachtete den Stamm. In Augenhöhe konnte man mit ein bissel Geschick einen Engel in der Rinde erkennen. Unten am Stamm lag ein Stein. Auf der Unterseite des Steins waren sieben Runen eingeritzt. Straaten machte mit seinem Handy ein Foto der Runen und ver-senkte den Stein im kleinen Graben an der Brücke. Mittlerweile war er nun völlig durch-nässt, sein Cowboyhut triefte, und das Wasser lief über die Krempe nur so an ihm herunter. Er lachte innerlich und auch ein bissel äußerlich und dachte nun an die Geschehnisse des ver-gangenen Jahres. Ja, er war übriggeblieben. Ja, er hatte den

Terroranschlag am Emstunnel in Leer überlebt. Vor etwa einem Jahr hatte er gemeinsam mit mehreren Gleichgesinnten, unter der Führung von Torre Breedenbeek, brutal für die friesischen Belange gestritten, eine ganze Region in Terror versetzt, und am Ende hatten sie nicht viel erreicht. Es gab Tote, ja viele Tote, und von seinen Mitstreitern hatte er noch niemanden wiedergesehen. Er wusste nicht, ob noch jemand die Explosion überlebt hatte. Er wusste auch nicht, ob Breedenbeek noch lebte. Aber eines wusste er: Breedenbeek hatte kurz vor der Explosion allen Mitstreitern einen Platz für den Runenschlüssel zu den Geldkonten gezeigt, bei der Burg Stickhausen in der Gemeinde Jümme. Diese Burganlage war zur Anschlagszeit auch das Domizil der Terrortruppe. Im angrenzenden Haus, einem Teil der Burganlage, waren sie untergekommen, weil dieses zu der Zeit von niemandem genutzt wurde und weitgehend unauffällig vor sich hinvegetierte. Somit konnte von dort aus perfekt organisiert werden.

Straaten hatte nun die Runen, den Schlüssel zum Geld, und er war der Einzige, der sie hatte. Somit brauchte er bloß noch die Runen zu entschlüsseln und die Konten zu räumen.

Um sicherzugehen, dass er die Kohle für sich behalten konnte, musste der Stein verschwinden. Also ab damit in den Burggraben. Er hatte sich fast ein Jahr verstecken müssen, seine Frau Hille Straaten saß wegen Beteiligung an dem Terrorakt in Lingen im Gefängnis und wartete auf den Hauptprozess. Straaten hatte sich über die Medien informiert, ihr drohten 12 Jahre Freiheitsentzug wegen terroristischer Beteiligung.

Straaten ging mit hastigen Schritten zu seinem Auto und wollte einsteigen, als er auf einmal ein Geräusch hörte. Irgendetwas knackte so merkwürdig hinter ihm. Eiskalter Schauer erfasste ihn, und im gleichen Augenblick spürte er einen dumpfen Schlag auf den Kopf, brach zusammen und blieb reglos liegen. Eine dunkle Gestalt stach fünfmal auf ihn ein, ein Stich geriet direkt in die Herzkammer, und Straaten war binnen weniger Sekunden tot. Die Gestalt durchsuchte die Taschen der Leiche und fand eine Geldbörse, ein Prepaid-Handy, zwei gefälschte Ausweise und den Autoschlüssel. „Geht doch", grinste die Gestalt eiskalt und sprang zum alten VW Golf. Mit quietschenden Reifen verließ sie den Parkplatz und bog auf die B 72 Richtung Autobahn.

Sie lachte laut im Auto auf, schmierig und laut, konnte sie hier doch keiner hören.

Fischerdorf Ditzum

Die Sonne zeigte sich an diesem Montagnachmittag von ihrer schönsten Seite. Der Regen, der in Ostfriesland ständiger Begleiter zu sein schien, hatte sich am Vorabend verabschiedet. Gerrit Bültjer stand vor seiner Helling und starrte auf die alte Tjalk „Eala Frya Fresena". Das Schiff glänzte magisch in der Sonne. Die kleine Gallionsfigur in Form eines friesischen Kriegers mit entschlossenem Gesicht, starrte kampfbereit in die warmen Strahlen der Nachmittagssonne. Die Bültjer Werft existierte nun in fünfter Generation, und Gerrit Bültjer leitete den Betrieb mit ganzer Leidenschaft. Holzbootbau, Reparatur und Restaurierung von Holzschiffen gehörte zu den speziellen Fähigkeiten und Aufgaben der Werft. Werft Handarbeit, made in Ditzum, war weit über die Grenzen Ostfrieslands bekannt, und so brauchte Bültjer auch keine Angst um die nächste Generation der Werft haben. Der Betrieb wurde 1899 im Dorf als Stellmacherei gegründet und ist seit 1924 nun an dieser Stelle als Werft weiterentwickelt worden.

Die „Eala Frya Fresena" lag seit 3 Monaten in Ditzum, und Bültjer hatte den Auftraggeber bis heute nicht gesehen. Alles wurde über Email und Telefon besprochen, selbst die Teilzahlungen des Restaurationsfortschritts wurden online bezahlt. Aber immer pünktlich und mit kleinem Obolus obendrauf. Entspannter hatte Bültjer noch nie ein Schiff restauriert. „Hein, du must de Stüürhuus noch strieken!" rief Bültjer einem seiner Werker lachend zu. „Jo Chef, ik weet, dat word bit vannaubens klor", lachte Hein zurück. Zufrieden drehte Bültjer seine Runde weiter.

Bruns muss gehen

Hauptkommissar Okko Bruns saß am Schreibtisch und schlürfte mal wieder seinen Tee, die fünfte Tasse. Gut gelaunt plante er in Gedanken seinen Jahresurlaub und sah sich schon im Hawaiihemd auf Bali. „Okko, du musst zum Chef", Lana Booken weckte Bruns recht ruppig aus seinem Kurztraum auf. „Scheiße Mann, kannst du nicht mal Moin sagen?" pfiff Bruns zurück. „Tut mir leid Okko, er verlangt nach dir", erwiderte Booken. Okko Bruns quälte sich aus seinem Bürostuhl und bewegte sich in Richtung Chefzimmer. Immer wenn er dorthin musste, hatte er ein ungutes Gefühl. Kriminalrat Osterkamp saß hinter seinem Schreibtisch und telefonierte gerade aufgeregt, so wie Bruns es verstand, mit der Kripo Leer. Bruns hatte gute Erfahrungen mit Leer, die Zusammenarbeit war immer sehr konstruktiv und ehrlich. „Bruns, setzen Sie sich, wir müssen reden", bestimmte Osterkamp ihn auf den Stuhl. „Wat is denn nu all weer, Breedenbeek upduukt?" grinste Bruns Osterkamp an. „Das ist nicht lustig Bruns, nicht lustig, Sie haben zweimal versagt, zweimal ist der Mistkerl Ihnen durch die Latten gegangen, zweimal hat er Sie und alle anderen an der Nase rumgeführt, lächerlich haben wir uns gemacht, Tote kassiert und mit endloser Unfähigkeit geglänzt", giftete Osterkamp zurück.

„Wir haben alles gegeben, Herr Osterkamp, alles und Sie selbst sahen ja bei Ihren Anweisungen und Entscheidungen auch nicht berauschend aus", erwiderte Bruns barsch. „Ich verbitte mir das Bruns, hören Sie sofort auf damit, Sie haben ihn laufenlassen, Sie haben eklatante Fehler gemacht, und darum werden Sie nun die Dienststelle wechseln, jawohl die Dienststelle. Sie werden zum nächsten ersten nach Leer versetzt, mit Ihren beiden Oberkommissaren." Osterkamp lief rot an und haute mit der Faust auf den Tisch. Bruns war platt, es fehlten ihm die Worte, seine Kehle schnürte sich zusammen, er zitterte am ganzen Körper. „Ruhe bewahren, Ruhe bewahren", sagte er sich. „Nicht ausrasten, Überlegenheit zeigen, gleichgültig wirken." „Nun denn, Herr Osterkamp, ich füge mich gerne Ihren Anweisungen, Sie kommen mir nur einen Tag zuvor, ich wäre auch von mir aus gegangen, besser heute als morgen", gab Bruns ganz ruhig und gefasst zurück. Nun sah man bei Osterkamp Sprachlosigkeit und ein Gesicht, das mal eben schnell aus der Situation flüchten wollte. „Gut, dann sind wir uns einig, viel Erfolg in Leer", gab Osterkamp zurück. Okko Bruns verließ das Büro ohne Osterkamp noch eines Blickes zu würdigen. Er ging gefasst und aufrecht aus dem Raum.

Blutiger Asphalt Stickhausen

„Fünf Stiche, einer davon mitten ins Herz", der junge Spurensicherer schaute Kommissarin Pommer von der Kripo Leer/Emden erschüttert an. „Der Mann hatte keine Chance, zudem eine klaffende Wunde am Hinterkopf stark ge-blutet hat", ergänzte Sigmar Klein, der zweite Spurensicherer. Jörg Straaten lag leicht ge-krümmt mit weit aufgerissenen Augen auf dem Asphalt vor der Burg Stickhausen. „Haben wir einen Namen zu dem Opfer?" fragte Oberkom-missar Jensen, ebenfalls aus Leer. „Nein, leider nicht, es wurde ihm alles gestohlen, lediglich ein Foto in seiner Innentasche weist auf eine Frau und ihn hin", erwiderte Klein.
„Okay, dann bekommen wir sicherlich sehr bald einen ausführlichen Bericht", nickte Pommer dem Kollegen auffordernd zu. „Ja, wir beeilen uns, versprochen", versicherte Klein.
Pommer und Jensen gingen zum Wagen, und Pommer hielt plötzlich inne. „Den kenne ich

irgendwie, Peter, der ist mir schon mal aufgefallen", schaute Pommer Jensen nachdenklich
an. „Ja, das Gesicht sagt mir auch was. Ilka,
lass uns mal schnell zur Wache fahren, ich
muss da mal in den Akten stöbern", erwiderte
Jensen. In Leer angekommen, gingen sie
direkt an den PC. Binnen fünf Minuten kamen
sie auf die Akten des Terroraktes am Ems-
sperrwerk. „Ich hab ihn, Ilka, ich weiß wer das
ist", jubelte Jensen auf einmal.

Übergabe

Gerrit Bültjer empfing den Eigner der „Eala
Frya Fresena" im Büro seiner Werft. „Moin
Herr Bültjer, mein Name ist Keno Backhaus,
ich komme gebürtig aus Greetsiel und ich
freue mich sehr, dass das Ganze so gut
geklappt hat." Backhaus war ein sehr freund-
licher, angenehmer Mann, Anfang Fünfzig,
dunkelblond, ca. 1,90 Meter groß. Er wirkte
sehr gepflegt und aufgeschlossen und freute
sich sichtbar auf sein Schiff. „Herr Backhaus,
auch wir freuen uns, diese wundervolle alte
Tjalk wieder seetüchtig machen zu dürfen. Wir
stehen vor der Fertigstellung, wann wollen Sie
das Schiff abholen?" fragte Bültjer höflich
nach. „Heute, Herr Bültjer, heute, und am

besten gleich. Ich möchte meine erste Fahrt von hier aus beginnen, das Schiff wird mit mir in eine neue Epoche fahren. Sie wird ab sofort touristisch genutzt und auf eine friesische Mission gehen", Backhaus lächelte mit einem seltsamen Gesichtsausdruck. Bültjer verstand nicht, was Backhaus ihm sagen wollte aber das war ja auch egal. Alles war bezahlt, das Schiff in einer halben Stunde fahrbereit, und Bültjer konnte sich einem der vielen noch ausstehenden Aufträge widmen. Zeit übrig hatte er eh nicht. Irgendwie kam Backhaus ihm ein bissel komisch vor - freundlich, gepflegt, aber geheimnisvoll. Bültjer war froh, dass dieses Projekt nun zu Ende war.

Noch nicht

Okko Bruns saß am Schreibtisch und stampfte mit den Füßen auf den harten Boden. Lana Booken und Lennert Jakobs standen an seinem Schreibtisch und schauten ebenfalls fassungslos zu Boden. „Der kann uns doch nicht einfach entsorgen, was ist das für eine Scheiße", Jakobs schimpfte vor sich hin. „Doch, kann er", erwiderte Lana Booken, „er kann uns versetzen, jederzeit aber mit Fristen, die hält er gerade nicht ein", stöhnte sie. „Wir gehen ohne zu murren, ohne Abschied und ohne einen Mucks", ergänzte Bruns. „Scheiße Mann, in Leer gibt es auch Tee", lächelte Jakobs beipflichtend. Dann lagen die drei sich kurz in den Armen und herzten sich. Inmitten der kleinen Kuschelei rasselte Okko Bruns' Telefon. Die drei schauten sich an und überlegten kurz, es einfach klingeln zu lassen. Okko war der erste, der nach dem Hörer griff. „Bruns hier, wat gibt es?" reagierte Okko ungehalten. „Noch bin ich Ihr Chef, Bruns und während ich hier aus dem Bürofenster Ihre kleine zärtliche Einlage betrachte, liegt in Stickhausen ein toter Mann auf der Straße. Die Kollegen aus Leer vermuten einen Zusammenhang mit Ihren verpfuschten Fällen bezüglich Torre Breedenbeek. Machen Sie sich mal schnell auf den Weg, Sie können da gleich ein bisschen Heimatluft schnuppern!" schrie Osterkamp und knallte den Hörer auf. „Lana, wir fahren nach Stickhausen, da liegt ein Toter, soll mit Breedenbeek zusammenhängen", befahl Bruns den beiden anderen, „das ist unsere Chance dem Alten noch mal zu zeigen was und wen er hier verliert." Lana und Jakobs schmissen sich die Jacken über, Okko folgte den beiden, und alle drei saßen fünf Minuten später im Passat Richtung Leer. Sie ahnten nicht, dass dies der Beginn einer neuen Blutspur durch Ostfriesland war.

Die Eala Frya Fresena sticht in See

Keno Backhaus stand an Deck seiner „Eala Frya Fresena" und die Tjalk nahm langsam Fahrt auf. Der wunderschöne Hafen Ditzum mit all seinen Fischkuttern, der Fähre und der idyllischen Atmosphäre, lag bald hinter ihm. Gerrit Bültjer stand noch lange am Außenanleger und schaute der Tjalk nach, bis sie nur noch ein kleiner Punkt im Wasser war. Wieder einmal hatte sein Unternehmen einem alten, abgewrackten Kahn neues Leben eingehaucht, neuen Glanz verliehen und seiner Werft ein weiteres Kapitel Geschichte geschenkt.
Eine Tjalk war in Ostfriesland das Transportmittel zu Wasser schlechthin. Jahrzehntelang wurde Kohl von Emden in die Fehngebiete und im Gegenzug Torf Richtung Emden befördert. Die Tjalken wurden zu Beginn mit Manneskraft, später mit Segel und auch Motor betrieben. Heute sind einige noch vorhanden, restauriert und teils auch im Privatbesitz. Viele gehören Vereinen und histori-

schen Vereinigungen. In Leer, zum Beispiel, gibt es einen historischen Museumshafen an der Waage, wo ebenfalls Tjalken über einen Verein gepflegt und gezeigt werden. Der Museumshafen von Leer ist immer einen Spaziergang und einen Blick wert. Backhaus stand am Bug und schaute zufrieden aufs Wasser. Er nahm sein Telefon und wählte eine Nummer. „Backhaus hier, bin unterwegs."

Leer trifft Aurich

„Hauptkommissar Bruns, schön Sie wiederzusehen", Ilka Pommer freute sich sichtlich, als die drei Auricher Beamten die Kripo in Leer aufsuchten. „Scheiße Mann, ja, so lange ist das ja noch nicht her, Frau Pommer, ach so, wir duzen uns ja, Ilka, aber ich freue mich auch, nur die Umstände machen mir Sorgen", Bruns räusperte sich. Auch Jakobs und Booken begrüßten die Leeraner Kollegen und schüttelten sich freudig die Hände. „Wie können wir helfen, unser Chef sagte, es gibt Verbindungen zu Breedenbeek", Okko wirkte ungeduldig. „Nun ja, wir haben seinen engen Vertrauten, Jörg Straaten, heute tot in Stickhausen aufgefunden. Erstochen mit fünf Stichen, zwar nicht Breedenbeeks Tötungsart, aber nun eben ein Gesuchter weniger aus dem Terrorakt am Emstunnel", erwiderte Pommer.

„In der Tat interessant und endlich einer der Terroristen dingfest - nun, wenn auch bewegungslos", Jakobs konnte sich das bissel Zynismus nicht verkneifen. „Aber wo war der nur so lange untergetaucht und wer hat ihn und warum umgebracht?" warf Jensen ein. „Was haben wir bis jetzt?" fragte Bruns in die Runde. „Leiche, Name, Alter, Einstichtiefe, vermutliche Tatwaffe, aber keine Fremd-DNA", erwiderte Pommer. „Also nicht wirklich viel", stellte Jakobs fest. „Na, und, dass seine Frau nicht verdächtig ist, die sitzt ja in Lingen ein", fügte Pommer hinzu. Alle nickten zustimmend und gossen sich erst mal einen Ostfriesentee ein. Nach Abwägen aller Fakten beschlossen die beiden Abteilungen, mit der Genehmigung der Chefetage, wieder eine gemeinsame Sonderkommission zu bilden. Dieses Mal agierte sie direkt aus Leer, Okko wollte sich schon mal umschauen. Die Leeraner Kollegen wussten aber noch nichts von ihrem Glück der bevorstehenden generellen Zusammenarbeit.

Hafen Weener

Der Himmel über Weener zog sich gerade wieder mal ein bissel zusammen. Hafenmeister Jan Klinkenborg zog gerade genüsslich an seiner Pfeife, als seine Aufmerksamkeit auf eine wunderschöne Tjalk fiel, die gerade in den Hafen einlief. Sie legte gekonnt an, und Keno Backhaus zeigte sein ganzes Geschick als erfahrener Kapitän. Er manövrierte das Schiff ganz allein, und Klinkenborg zog beim Anlegen seine alte Schiffermütze. „Moin, schönes Schiff, die ‚Eala Frya Fresena‘, gefällt mir", begrüßte er Keno Backhaus. „Moin, danke schön. Ja, die gute alte Dame wurde gerade in Ditzum restauriert, sie soll touristisch genutzt werden, ich plane ein tolles Konzept für Ems und Dollart", lächelte Backhaus zurück. „Wie lange möchten Sie bleiben?" fragte Klinkenborg höflich. „Ich mache einen kurzen Zwischenstopp hier, zwei Tage, dann geht es weiter Richtung Auricher Hafen. Ich möchte mir verschiedene Häfen anschauen und dann ein Konzept erarbeiten", entgegnete Backhaus, wiederum sehr freundlich. „Na dann viel Spaß hier, die Anmeldung und die Bezahlung können Sie online erledigen. Schön, dass Sie den schönen Hafen hier angelaufen haben", verabschiedete sich Klinkenborg mit einer nickenden Geste.

Backhaus sprang an Land und lief mit schnellen Schritten auf das Restaurant „Hafen 55" zu. Dort herrschte ausgelassene Stimmung. Alle Plätze waren besetzt, zusätzlich standen überall Touristen und Einheimische. Sie folgten den rhythmischen Klängen des „Timeless Trio", einer regionalen, sehr bekannten Band, die ganzjährig auf vielen Veranstaltungen für volle Häuser sorgt. Einige tanzten ausgelassen und klatschten der tollen Musik und den markanten Stimmen der Musiker zu. Backhaus steuerte auf einen Tisch zu, an dem nur eine Frau saß. Sie begrüßte ihn freundlich und er setzte sich zu ihr. „Moin, endlich bist du da, alles ist vorbereitet, alles läuft nach Plan, du kannst dich auf mich verlassen", nahm sie Backhaus Hand und drückte sie herzlich. „Keiner darf uns ab heute wieder zusammen sehen, verstehst du das, keiner", ermahnte Backhaus sie eindringlich. „Ja, natürlich, ich verstehe das, pass bitte auf dich auf", sie drückte seine Hand noch fester und ein paar Tränen liefen ihr über die Wangen. Backhaus erhob sich und ging mit schnellen Schritten wieder Richtung Schiff.

Heilige Linien Ostfrieslands

Treffpunkt Haneburg

Als die „Eala Frya Fresena" in Leer einlief, war die Stadt voller Leben. Gerade die Altstadt von Leer zeigt sich auch in den Wintermonaten von ihrer schönsten Seite.

Der alte Wilhelminen Gang lässt den Blick schon beim Eintreten nostalgisch wirken, und die vielen kleinen Geschäfte, Cafés und Restaurants laden mit ihren nicht alltäglichen

Produkten, Leckereien und regionalen Gerichten zum Verweilen und Genießen ein. Ilka Pommer genoss an diesem schönen Nachmittag ihre dienstfreie Zeit in „Jimmys Altstadtcafé". Sie kannte Jimmy schon sehr lange und war seit vielen Jahren Stammgast hier, wie ganz viele andere auch. „Noch einen Friesenglimmer, Ilka?" Jimmy zeigte lächelnd auf ihr leeres Glas. „Gerne, Jimmy, ich liebe dieses Getränk", antwortete sie fröhlich und lehnte sich zufrieden zurück. Jimmy sang, wie so oft, vor sich hin und bereitete das Getränk für Ilka zu. Das kleine Café war bis auf den letzten Platz voll Menschen und es herrschte ausgelassene Stimmung. Ilka konnte heute jedoch nicht ganz abschalten. Sie dachte an den Toten in Stickhausen, den Terroranschlag am Emstunnel des letzten Jahres und an all die Toten. Und dann dieser wahnsinnige Breedenbeek als Anführer. Bis heute hatte man ihn nicht gefunden. Noch immer hingen Fahndungsfotos aus, wobei man nicht mal genau wusste, ob er den Anschlag überlebt hatte. Jörg Straaten, dessen Leiche eindeutig in Stickhausen identifiziert wurde, hatte, als Breedenbeeks rechte Hand, offensichtlich letztes Jahr überlebt.

Nun war er tot, aber warum und was wollte er an der Burg Stickhausen? Ilka träumte vor sich hin. Ihr Handy summte: Eine anonyme SMS. „Wenn Sie wissen wollen, warum Jörg Straaten gestorben ist, sind Sie um 17:30 Uhr an der Haneburg". Ilka war total platt und verdutzt. Wer schickte ihr eine Botschaft aufs Handy und wer besaß ihre Nummer, außer denen, die sie von ihr bekommen hatten? Sie schaute zur Uhr, sie kannte Leer wie ihre Westentasche. Es war gerade 15:10 Uhr. Sie konnte das Date wahrnehmen. Wollte sie das aber wirklich? Nun, sie war Polizistin und neugierig. Zudem wartete sie auf eine Beförderung. Also warum nicht...... „Jimmy, zahlen bitte", lächelte sie. „Aber gerne doch, Ilka", Jimmy lächelte zurück und kassierte die beiden Friesenglimmer.[1]

Ilka Pommer war nun schon sieben Jahre bei der Leeraner Kripo, erfahren und äußerst vorsichtig. So machte sie sich auf den Weg zur Haneburg. Unweit der Altstadt ist diese gut erhaltene Burg mittlerweile im Besitz der Stadt Leer. Die ansässige Volkshochschule hat dort ihre Verwaltung und gibt auch einige Kurse in den Gemäuern dort. Ilka wollte vor 17:30 Uhr

---

[1] Spezialität des Weinhauses Wolff in der Leeraner Altstadt.

dort sein um die Umgebung ein bissel zu erkunden. Sie mochte halt keine Überraschungen.

Der Umschlag

Okko Bruns saß an seinem Schreibtisch in Aurich und recherchierte in alten Unterlagen aus dem Terroranschlag des Vorjahres. Jörg Straaten wurde für tot gehalten, obwohl man ihn damals nicht gefunden hatte. Auch Torre Breedenbeek war seit dem Anschlag nie wieder gesehen worden. Eine mögliche Verbindung der beiden danach wurde immer wieder überprüft, aber es gab keine Hinweise. So, als hätte keiner von ihnen den Anschlag überlebt. „Lennert, sett mol Tee an, Scheiße Mann, ik mutt nadenken!" rief Bruns Jakobs zu. „Jo, Chef, soll ich mir auch noch ne Schürze umschnallen?" grinste Lennert Jakobs. „Nich schnacken, maaken", pfiff Bruns zurück. Gerade kam Lana mit einem braunen Umschlag rein, auf dem „FÜR OKKO BRUNS" in großen Buchstaben stand. „Hey Okko, du hast Post", Lana schmiss ihm den Umschlag auf den Schreibtisch. Okko nahm den Umschlag nur beiläufig wahr. Er schwebte immer noch in tiefen Gedanken um den Terroranschlag im letzten Jahr. Lennert kam mit einer Kanne frischem Tee herein und Okko grinste über beide Backen. „So mutt dat ween, Keerli, du kannst ja doch wat", lachte Okko und schenkte sich gleich die erste Tasse ein. „Okkooooo, du hast Post", Lana zeigte noch mal mit dem Finger auf den Umschlag. „Jo, is ja gut", Okko grabschte nach dem Umschlag und riss ihn auf. Plötzlich wurde er ganz ruhig und blickte mit eisernem Blick auf ein Blatt mit großen Druckbuchstaben.

Der Tote am Idasee

„Diese Ruhe hier, diese Natur", Gunda Brunken kuschelte mit ihrer neuen Flamme am angrenzenden Wald hinten am Idasee in Ida-fehn. Der See, ehemals künstlich angelegt an der Bundesstraße B 72, ist mit dem angrenzenden Campingplatz und der Wasserskianlage ein beliebtes Urlaubsziel für Einheimische und Touristen. Gunda gab Jan Rolling gerade einen innigen Kuss, als sie im Gras irgendetwas Komisches zwischen ihren Fingern der linken Hand tastete. Sie erschrak und sprang auf. „Was ist das denn, igitt, was liegt hier drunter, Jan, ich will hier weg", beschwor sie ihren Freund. Jan sprang auch auf und schau-

te auf den Bereich am Boden, wo Gunda hin-
gefasst hatte. Dort kam eine halb verweste
Hand aus dem Boden. Jan riss Gunda an sich,
und beide liefen mit großen Schritten Richtung
Kiosk. „Wir rufen die Polizei, das ist ein Toter,
Gunda, wir müssen sofort die Polizei rufen!"
Eine halbe Stunde später war der gesamte Be-
reich abgesperrt. Die beiden wurden ausführ-
lich befragt. Peter Jensen von der Kripo Leer/
Emden war vor Ort. Er hatte versucht, Ilka
Pommer zu erreichen, vergeblich.

Und ....weg....

Ilka Pommer erkundete die Umgebung der
Haneburg. Sie hatte noch ein bissel Zeit, bevor
das Treffen am Brunnen der Haneburg bevor-
stand. Weit und breit nichts verdächtig. Sie
hatte kurz überlegt, Peter Jensen dazuzu-
holen, dies aber schnell wieder verworfen. Als
sie nun erneut durch das Tor auf den kleinen
Brunnen zulief, nahm sie eine weibliche Gestalt am Brunnen wahr. Zielstrebig lief sie auf
die Frau zu. „Moin, mein Name ist Ilka
Pommer, hatten wir hier heute eine Verab-
redung?" sprach sie die Frau höflich an. „Ja
genau, ich habe Ihnen die SMS geschrieben,
ich habe Material im Auto, welches belegt, wer

Jörg Straaten umgebracht hat, ich habe sogar Fotos dabei. Folgen Sie mir zum Auto, ich gebe Ihnen den Umschlag", erwiderte die Frau. Pommer zögerte kurz, dachte noch mal nach, aber beschloss dann, der Frau zum Auto auf den angrenzenden Parkplatz an der Blinkeschule zu folgen. Die beiden überquerten die Straße und Ilka sah den dunklen Golf auf dem Parkplatz. „Wer sind Sie eigentlich und was haben Sie mit dem Mord in Stickhausen zu schaffen?" fragte Ilka beim Gang zum Auto. „Meine Person tut nichts zur Sache, ich will nur, dass das Ganze schnell ein Ende hat", gab die Frau forsch zurück. „Welches Ganze?" fragte Pommer noch nach - aber dann wurde es dunkel. Irgendjemand schlug ihr von hinten auf den Kopf und Ilka Pommer sackte nach hinten weg. Sie wurde aufgefangen und blitzschnell in den Golf gezerrt. Mit quietschenden Reifen bog der Golf vom Parkplatz Richtung Altstadt ab und verschwand in der Dunkelheit.

Heilige Linie Ostfriesland

Okko Bruns starrte immer noch auf den Zettel, kalte Schauer liefen über seinen Rücken. Auf dem Zettel stand:
LASS UNS EIN WENIG SPIELEN OKKO.

ICH GEBE DIR EIN SCHLAGWORT UND DU GEHST AUF DIE SUCHE.
WENN DU NICHT SPIELEN MÖCHTEST, SPIELE ICH MIT ILKA POMMER, WIRD ABER EIN BLUTIGES SPIEL. WILLST DU DAS?
SIEHSTE......ALSO SUCHE DEN ERSTEN ORT DER HEILIGEN LINIE OSTFRIES-LANDS NACH EINEM SCHRIFTSTELLER AUS DEN DREISSIGERN. EIN TIPP:
ER LIEGT IN WESTOVERLEDINGEN.
DORT BEKOMMST DU WEITERE INSTRUK-TIONEN

EALA FRYA FRESENA

Okko saß bewegungslos am Schreibtisch, und seine sonst so schlagfertige Art wirkte wie weggeblasen. Er zitterte. Selbst sein Tee war mittlerweile kalt geworden. Lana Booken fasste sich als erste wieder, nachdem auch sie den Zettel gelesen hatte. „Okko, das klingt nach Falle, das ist etwas Persönliches gegen dich", klang Lana besorgt. „Scheiße Mann, das weiß ich auch", Okko wurde wieder „wach". „Versucht sofort Ilka Pommer zu erreichen, ich werde mich dem Rätsel stellen, wenn der oder die mit mir spielen möchte, spielen wir", Okko hatte sich nun gefasst und schlürfte die kalte Tasse Tee in einem Schluck. „Alles klar Okko, wir fahren direkt nach Leer", bestätigte Lennert Jakobs Okkos Ansage. Okko machte sich sofort an seinen PC und googelte nach den Heiligen Linien Ostfrieslands. Er fand nach langer Suche ein Buch, in dem eine Abhandlung über die gesuchten Heiligen Linien Ostfrieslands beschrieben wurde[2]. Nur kaufen oder einsehen konnte er es nicht mehr. Das Buch war nicht mehr erhältlich, und Okko begann ein bissel zu verzweifeln. Er sprang auf und rannte in die Verwaltung der Polizei. „Ihr müsst mir helfen, ich brauch eure Hilfe, jetzt und sofort", bat er die Kollegen im Büro. „Es geht um Leben und Tod, ich erkläre euch, was ich brauche", ergänzte Okko.

Kurs auf Aurich

Keno Backhaus saß am Bug seines Schiffes und blickte zufrieden aufs Wasser. Er hatte noch einen kurzen Zwischenstopp im Leeraner Hafen gemacht. Die „Eala Frya Fresena" war dort von vielen bewundert worden. Der Zu-

---

[2] Vgl.hier und im ff.:Röhrig, Herbert; Heilige Linien durch Ostfriesland

stand, die Restauration und die Größe des Schiffes verzeichnete gerade bei Museumskennern einen hohen Achtungserfolg. Zeitweilig hatten ganze Menschengruppen neugierig am Kai gestanden, und Backhaus hatte schwer damit zu tun gehabt, sie vom Betreten der Tjalk abzuhalten. Wenn er gewollt hätte, wäre die alte Tjalk von morgens bis abends voller Menschen gewesen. Die Fahrt Richtung Aurich verlief ohne Vorkommnisse, und man sah die Entspannung in Backhaus Gesichtszügen. Er hatte lange nach einem Schiff wie diesem gesucht, in den Niederlanden, in Harlingen, war er fündig geworden. Das Schiff hatte 67.000 Euro gekostet, unrestauriert natürlich. Backhaus hatte aber sofort das besondere Potenzial entdeckt. Viel Platz unter Deck und gute Substanz des Schiffskörpers. Nun war sie fertig und bereit für die Abenteuer des Keno Backhaus. Bereit für ganz besondere Aufgaben.

Lübbert Losen .....

Der Tote am Idasee war schnell identifiziert. Nachdem die Polizei die Vermisstenliste der Region durchgegangen war, stellte sich schnell heraus, dass es sich bei dem Toten um

Lübbert Losen handelte. DNA und Kiefer passten, somit war klar, Losen war der Tote. Peter Jensen war gerade wieder im Büro in Leer angekommen und verglich die Fotos vom Tatort. Merkwürdig war die Art der Tötung, Losen war enthauptet worden. Peter Jensen dachte natürlich sofort an das Monster vom Vorjahr, Torre Breedenbeek, er hatte Ostfriesland fast zwei Jahre in Atem gehalten. Ilka Pommer hatte sich immer noch nicht hören lassen. Gerade jetzt konnte er ihre Unterstützung gut gebrauchen. Jensen gab sofort eine genaue DNA- Analyse der Kleidung Losens in Auftrag. Er hatte einen Verdacht und hoffte, dass der sich nicht bestätigt, aber er brauchte Klarheit. Sollte Breedenbeek nicht beim Anschlag auf den Emstunnel umgekommen sein, könnte dieser Mord auf sein Konto gehen. Breedenbeek hatte vor dem Anschlag mehrere Administratoren der Facebook-Gruppe „Wi sünd Oostfreesen un dat mit Stolt" enthauptet, bevor er dann mit seinen Vertrauten den Anschlag auf den Emstunnel verübt hatte. Das Profil passte genau auf ihn, Jensen schauderte bei dem Gedanken. Aber wo war Ilka Pommer nur geblieben? Sie war sonst immer vor Ort oder hinterließ eine Sprachnachricht oder einen Zettel auf Jensens Schreibtisch. Aber da war nichts und Jensen begann sich Sorgen zu machen. Er griff zum Telefon und wählte Okko Bruns Nummer.

Dunkelheit

Der Raum roch muffig und irgendwie nach Torf. Ilka Pommer schlug ihre Augen auf. Sie versuchte sich zu bewegen aber ihre Hände und Beine schienen irgendwie fixiert zu sein. Aufgrund eines Knebels im Mund konnte sie weder reden noch schreien. Ihr Hals war wie ausgetrocknet und schmerzte unendlich. Alles tat ihr weh, und die Fesseln verstärkten den Schmerz bei jeder Bewegung. Warum war sie nur auf diesen billigen Trick hereingefallen? Ihre Alarmglocken hätten sich bemerkbar machen müssen. Sie, als erfahrene Polizistin, hätte sofort reagieren müssen als die Frau sie zum Fahrzeug gebeten hatte. Spätestens dann hätte Pommer die Identität, die Personalien abfragen müssen. Ilka dachte in Blitzen und ständig fragte sie sich, warum sie so naiv gewesen war. Über ihr hörte sie Schritte, sie vermutete in einem Keller festgehalten zu werden. Sie verspürte einen starken Harndrang. Aber, wie sich bemerkbar machen, wie rufen? Panik machte sich breit. Hilflosigkeit und unendliche Angst stieg in Ilka auf. Wer um Himmelswillen trachtete ihr nach dem Leben? Was wollte der oder die Unbekannte von ihr? Noch einmal versuchte sie ihre Hände zu bewegen aber es ging nicht. Tränen liefen über ihre Wangen. Die Schritte über ihr verstummten plötzlich und sie vernahm das Geräusch eines Schlüssels, ganz nahe. Jemand schien eine Tür zu öffnen. In Ilka keimte eine winzige Hoffnung auf. Sollte sie gefunden worden sein, sie müsste doch längst vermisst werden. Das Geräusch der Türklinke riss sie aus den tausend Gedanken und eine Taschenlampe schien ihr einen kurzen Moment später ins Gesicht. Ilka kniff die Augen zu, sie schmerzten so sehr. „Hallo Frau Pommer, es ist Essenszeit", eine freundliche Stimme hauchte ihr mit einer ganz besonderen Tonlage noch mehr Angst ein.

Das Spiel nimmt Fahrt auf

Kirchspiel Steenfelde

Okko Bruns lief mit seiner Teetasse in der Hand hin und her und schwappte kleine Mengen Tee auf den Fliesenboden der Verwaltung in der Polizeistation Aurich. „Ik woor noch wahnsinnig", schimpfte er vor sich hin. „Okko, ich hab da was, es gibt in der Tat eine Linie durch Ostfriesland, die als ‚Heilige Linie' bezeichnet wird", rief Lore Stein ihm zu. Lore war nun schon seit 27 Jahren in der Verwaltung der Auricher Polizei tätig und so ein bissel die „gute Seele" in der Verwaltung. „Ich habe einen Start der Linie in Steenfelde ausgemacht, die Kirche dort scheint der Startpunkt zu sein, so steht es hier im Netz", ergänzte Lore. „Dann müssen wir sofort dorthin!" rief Okko Bruns Lennert Jakobs zu, der gerade durch die Tür kam. Lennert schaute fragend, verstand aber sofort, dass Okko es ernst meinte. „Klar Chef, ich bin bereit", erwiderte er und drehte sich auf dem Absatz um. Okko folgte ihm mit schnellen Schritten, und beide saßen fünf Minuten später im Auto Richtung Steenfelde. „Was hat das auf sich mit den ‚Heiligen Linien' in Ostfriesland, Okko, wat is dat für ein Quatsch?" fragte Lennert während der Fahrt. „Keine Ahnung, noch nie gehört, aber wenn Ilka Pommer verschwunden ist und wir sie mit diesem ‚Spiel' finden können, lohnt es sich, hinzufahren", stöhnte Okko, „ruf Peter

Jensen an, frag, was er bis dato von dem Straaten aus Stickhausen weiß und ob Pommer heute in Leer aufgetaucht ist oder nicht." Jakobs wählte die Nummer von Leer und ließ sich mit Peter Jensen verbinden. „Ja, oh Mann, Scheiße, ja, okay, fuck, ja ich verstehe, wir sind auf dem Weg. Okay, wir treffen uns dort, bis gleich", Jakobs kam am Telefon gar nicht zu Wort. Jensen hatte ihm in zwei Minuten etliche Fakten um die Ohren gehauen. Jensen machte sich sofort auf den Weg nach Steenfelde, um sich mit seinen beiden Auricher Kollegen zu treffen. „Okko gib Gas, es wird ungemütlich und es gibt leider ganz gruselige Nachrichten", gab Lennert besorgt von sich.

Wer bist du?

Die Taschenlampe schien immer noch in Ilkas Gesicht, sodass sie die Augen nicht öffnen konnte. „Ich nehme nun den Knebel aus deinem Maul, löse deine Handfesseln und stelle hier etwas zu essen hin. Hinter dir steht ein Topf für Bedürfnisse. Solltest du schreien oder andere Mätzchen machen, bist du tot", die unbekannte Stimme sprach ruhig aber bestimmt. Der Knebel wurde aus Ilkas Mund entfernt und die Hände entfesselt. Ilka fühlte sich nun ein bissel freier und war dankbar für den Raum, den man ihr nun gab. „Ja, ich verstehe, Sie können sich auf mich verlassen. Aber was wollen Sie von mir, wieso halten Sie mich hier gefangen?" flehte Ilka ihr Gegenüber an. „Ich will nichts von dir, wenn alles gut geht, bist du bald wieder frei. Ich brauche dich als Lockvogel, und du wirst hier nicht alleine bleiben, warte es ab", entgegnete die Stimme ruhig. Die Stimme zog sich aus dem Raum zurück, und als die Tür geschlossen wurde ging ein kleines Licht an. Zum ersten Mal sah Ilka Pommer ihr Gefängnis. Es war ein Raum mit Holzwänden, einem Tisch, zwei Stühlen und zwei Betten. Keine Fenster und keine Schränke. Auf dem Tisch stand ein Teller mit Schnitzel und Pommes, dazu zwei Cola. Ilka nahm hastig die erste Flasche Cola und trank sie in drei Zügen leer. Das Schnitzel war nur noch lauwarm und die Pommes schluff. Aber Ilka hatte Hunger und machte sich über das Essen her. Bauchschmerzen machten sich breit, und der Harndrang ließ sie ganz schnell auf die provisorische Toilette sinken. Sie weinte leise und ihre Verzweiflung wurde immer größer.

Hafenflair Aurich

Die Sonne schien nur noch sehr schwach, als die „Eala Frya Fresena" in den Auricher Hafen einlief. Backhaus manövrierte sie unweit des kleinen Leuchtturms und befestigte das Schiff vorne und hinten über die Poller am Steg. Er sprang an Land und streckte die Arme. Das Restaurant „Hafenkiste" auf der anderen Seite des Hafens hatte schon geöffnet. Backhaus beschloss eine Kleinigkeit zu essen und setzte sich draußen an einen Tisch. Der freundliche Kellner bot ihm aufgrund der Kälte einen Platz innerhalb des Restaurants an, Backhaus verneinte höflich und bestellte sich eine Pizza Calzone. Das Restaurant hatte regional und auch überregional einen sehr guten Ruf und Backhaus freute sich auf das Essen dort. Er griff in die Jackentasche und holte ein Handy heraus. „Hi, ja mir geht es gut, wir sehen uns dann. Hab dich lieb! Wie? Okay, ja, natürlich, bis dann", Backhaus legte wieder auf und widmete sich seiner Pizza, die gerade heiß und frisch auf dem Tisch stand. Er wirkte nachdenklich aber auch zufrieden.

Gefährlicher Sport

Lana Booken genoss ihren freien Nachmittag.

Sie war mit ihrer Freundin shoppen gewesen, hatte von ihrer Versetzung nach Leer erzählt und sich insgeheim schon damit abgefunden. Ein kurzer Lauf auf dem Auricher Wall sollte diesen schönen Tag abschließen. Sie joggte durch die Fußgängerzone Richtung Wall und genoss die hohen Bäume und die Natur dort. Kurz vor Ende der Wallanlage saß eine Frau mitten auf dem Fußweg. Sie wirkte hilflos und Lana bot ihr sofort Unterstützung an. Sie hakte beide Arme unter die der Frau und zog sie ganz langsam und vorsichtig auf die Beine. Lana schaute in ein tränenüberströmtes Gesicht. „Was ist passiert, sind Sie gefallen?" fragte Lana die Frau. „Ich bin gestolpert, habe mir den Fuß wohl verstaucht, ich glaube, ich sollte mich eben auf die Bank dort setzen", erwiderte die Frau und zeigte auf eine Parkbank in der Nähe. Lana hakte sie unter und stützte sie bis zur Bank. Die Frau setzte sich, und Lana wollte noch etwas sagen, als es schwarz um sie wurde. Binnen kürzester Zeit waren die Frau auf der Bank und Lana Booken von der Bildfläche verschwunden. Nichts, aber auch gar nichts wies hier an der Auricher Wallanlage auf ein Verbrechen hin.

Hinweis

Als Okko Bruns und Lennert an der Kirche in Steenfelde ankamen, stand Peter Jensen schon dort und wartete ungeduldig auf die beiden Polizisten aus Aurich. Die Kirche in Steenfelde wurde, nach Überlieferung, im 13. oder 14. Jahrhundert als Saalkirche erbaut. Sie befindet sich auf der flachen Anhöhe einer Warft, wie man hier auch sagt. Sie wirkt anmutig mit langer Geschichte, und Okko staunte erst mal nicht schlecht, als er auf die wunderschöne Anlage rund um die Kirche sah. „Moin, da seid ihr ja endlich", Jensen wirkte erleichtert und begann sofort zu erzählen. Es sprudelte nur so aus ihm heraus. „Also, hört gut zu, es folgt jetzt Knaller auf Knaller. Der Tote am Idasee ist ein gewisser Lübbert Losen, ein Hobbyangler, der seit dem Abend des dritten Septembers letzten Jahres vermisst wird. Die Suchaktion damals ergab nichts. Man konnte weder ihn noch irgendeinen Hinweis auf seinen Verbleib, finden. Seine Familie hat die Suche nie aufgegeben. Die Akten bei uns laufen zwar noch unter ‚Nicht abgeschlossen', aber in der letzten Zeit wurde nicht mehr gesucht oder gefahndet. Die gestern gefundene Leiche weist aber eine Fremd-DNA auf, die bei uns bekannt ist", gab Jensen von sich. „Der Tote an der Stickhausener Burg, Jörg Straaten, weist die gleiche Fremd-DNA auf, nun ratet mal von wem?" ergänzte er. „Vom Weihnachtsmann vielleicht", grinste Bruns. „Haha, dir wird das Lachen gleich vergehen, Okko. Nee, es ist die DNA von Torre Breedenbeek", knallte Jensen so raus. Okko Bruns und Lennert Jakobs standen wie versteinert in einem Stück da. Okko wurde blass, und kalter Schweiß stand auf seiner Stirn. Lennert schüttelte zweifelnd den Kopf. „Kein Zweifel möglich?" fragte Okko und schaute Jensen hoffnungsvoll an. „Nein, definitiv kein Zweifel, Lübbert Losen ist vor circa elf Monaten am Idasee enthauptet worden. Das bedeutet, Breedenbeek war zu der Zeit, kurz nach dem Anschlag, schon wieder aktiv." Jensen ließ keinen Zweifel an den Recherchen der Kollegen der Spusi. „Da er nun auch für den Mord an Straaten in Frage kommt, bedeutet das, er ist nun nach elf Monaten wieder aktiv und plant irgendeine Sauerei", kombinierte Lennert Jakobs. „Ja, davon ist auszugehen", bestätigte Jensen mit einem zustimmenden Nicken. „Scheiße Mann, boah Scheiße, ich begreife das einfach nicht, was will der Typ noch, er hat so viele Menschen auf dem Gewissen", Okko kam gar nicht wieder bei. „Okay, es nützt nichts, wir müssen hier einen Hinweis suchen, Peter. Ich habe einen Brief bekommen, in dem ich aufgefordert werde mit jemandem zu spielen, um Ilka Pommers Leben zu spielen. Ja, du hörst richtig, um ein Leben zu spielen".

Okko erklärte Jensen die ganze Geschichte und Peter Jensen war sofort klar, warum er Ilka nicht erreichen konnte. „Dann weiß ich genau, wer dieses Spielchen treibt. Es kann nur einer sein, Torre Breedenbeek, Okko", redete Jensen auf Bruns ein. Und er ergänzte: „Das geht gegen dich Okko, er will dich, dich und sonst niemanden." Okko wurde wieder blass und nickte zustimmend. „Ja, ich weiß, ich werde mit ihm spielen, jetzt und hier und diesmal werde ich gewinnen. Nur die Frage wird sein, wer und ob jemand dabei zu leiden hat", Okko senkte wieder betroffen den Kopf. Die drei Polizisten suchten das Gelände rund um die Kirche ab. Zunächst konnten sie keinen Hinweis erkennen, geschweige finden. Lennert Jakobs bewegte sich auf den Glockenturm zu und rief auf einmal laut: „Hierher, kommt hierher, oh Mann, ich hab was!" Lennert wirkte vollkommen aufgelöst. Bruns und Jensen sprinteten über die Gräber und standen nun neben Jakobs. An der hinteren Mauer des Glockenturms lag etwas auf dem Boden. Eine kleine Schachtel mit Paketband verschnürt. „Lass uns vorsichtig rangehen, es könnte eine Bombe sein", beschwor Jakobs seinen Chef. „Blödsinn, das passt nicht zu diesem Arschloch, der will mich quälen, das wäre zu schnell und er könnte das nicht genießen", warf Okko zurück. Okko riss das Päckchen auf und schaute rein. Die beiden anderen Polizisten gingen in Deckung und warteten ab. In dem Päckchen befand sich ein Zettel und ein Neujahrskuchen mit Ostfrieslandwappen als Muster. Nun war es klar, Torre Breedenbeek war zurück, oder anders: Er war wohl immer da gewesen aber man hatte ihn nicht gesehen. Okko nahm den Zettel aus dem Päckchen.

Wieder in großen Buchstaben stand geschrieben:

MOIN OKKO
AUS EINS MACHT ZWEI
MIT LANA BOOKEN NUN DABEI
WIR SPIELEN NOCH NE KLEINE WEILE
DAS GANZE GEHT DOCH OHNE EILE
NUN WEISST DU WER ICH WAR UND BIN

DAS GANZE ERGIBT NUN EINEN SINN
SUCHE NUN DEN KLOSTERGARTEN
DER HEILIGEN LINIE NICHT LANG
WARTEN
SONST KOMMT ZUM NÄCHSTEN
ABENDBROT
FÜR LANA UND ILKA EIN QUALVOLLER
TOD
ICH SPIELE SO GERNE MIT DIR OKKO
GRUSS TORRE BREEDENBEEK

Okko Bruns stand verdattert da. Wieso Lana Booken und was meinte Breedenbeek mit „Klostergarten"? Okko lief rot an, puterrot. „Scheiße Mann, was ist das für eine Pest dieser Typ! Lennert, versuche bitte Lana zu erreichen", Okko schäumte vor Wut. Peter Jensen klopfte Bruns auf die Schulter. Er konnte Okko verstehen. Seit zwei Jahren versuchte nun das Team der Kripo um Leer/Emden und Aurich unter der Leitung von Hauptkommissar Okko Bruns, diesen Mistkerl dingfest zu machen. Immer wieder war er entwischt und trieb weiter und weiter sein Unwesen in Ostfriesland.
Die drei Polizisten rannten zu ihren Fahrzeugen. „Hast du Lana erreicht, Lennert?" fragte Okko Bruns seinen Kollegen. „Nein, sie

geht nicht ans Handy, Okko, ich versuche es weiter", entgegnete Lennert Jakobs. „Okay, lass uns nach Aurich fahren, wir brauchen eine Idee für diesen ollen Klostergarten, ich weiß, wen ich fragen muss", wies Okko an. Peter Jensen folgte den beiden im eigenen Fahrzeug nach Aurich.

Gesellschaft für Ilka

Lana wachte nur langsam auf. Alles um sie herum war dunkel. Sie war an Händen und Füßen gefesselt und ihr Mund war zugeklebt. Einen Kloß fühlte sie im Mund, es musste ein Knebel sein. Sie versuchte in der Dunkelheit ihre Umgebung wahrzunehmen, aber außer einem muffigen Geruch blieb ihr nur diese Dunkelheit. Lana versuchte sich zu drehen aber auch das gelang ihr nicht. Irgendetwas bewegte sich aber im Raum. Lana hörte etwas wie Atmen, sie schien nicht allein zu sein. Irgendjemand oder irgendein Tier war mit ihr im Raum. Sie hätte gerne gerufen, aber auch das war ja nicht möglich. Sie dachte an die Frau in Aurich auf dem Wall. War das eine Falle gewesen oder war das reiner Zufall? Lana versuchte, sich an das Gesicht der Frau zu erinnern. Das gelang ihr aber auch nicht.

Viel zu schnell war alles gegangen, viel zu schnell. Verzweiflung und Angst stiegen in ihr auf und sie begann leise zu weinen.

Ostfriesische Landschaft

Okko Bruns stampfte in die Verwaltung der Kripo Aurich. „Alle mal herhören, ich brauche noch mal eure Unterstützung." Alle Köpfe im Gemeinschaftsbüro der Verwaltung in der Auricher Kripo schauten hoch. „Also, ich benötige noch mal eurer Schwarmwissen, wo gibt es hier einen Klostergarten in Ostfriesland, wer weiß das?" ergänzte Okko seine Anfrage mit eindringlicher Stimme. Die meisten schüttelten verneinend den Kopf, einige versuchten im Internet zu recherchieren. Eine Antwort blieb aber aus. Okko Bruns lief wieder mal auf und ab, man merkte ihm seine Unruhe an. Kriminalrat Osterkamp schaute aus seinem Bürofenster auf Bruns seltsame Gehweise und schüttelte den Kopf. „Okko, hör mal gut zu!" rief Helma Könen, eine Fachangestellte, ihm plötzlich zu. „Wenn dir schnell jemand weiterhelfen kann, ist es die ‚Ostfriesische Landschaft', die Bücherei dort hat Unmengen von alten Schriften und Büchern, versuche es dort bitte", sprudelte es aus ihr heraus. „Klasse Idee", Okko drehte sich auf dem Fuß um und schmiss seine Jacke über. Jakobs und Jensen standen in Okkos Büro. „Mitkommen, wir müssen los", befahl Okko den beiden. Zehn Minuten später saßen die drei in der Bibliothek der Ostfriesischen Landschaft in Aurich und stöberten in alten Schriften der ostfriesischen Geschichte.

Gute Bekannte

Ilka Pommer wachte etwas schreckhaft auf und hörte Geräusche, die sich wie Schluchzen anhörten. Es musste noch jemand im Raum sein, aber sie konnte ja nicht fragen. Nach dem Essen wurde sie wieder gefesselt und geknebelt. Danach war sie eingeschlafen. Irgendwie hatte sie das Gefühl, dass entweder das Essen oder die Cola mit Schlaf- oder Beruhigungsmitteln angereichert war. Sie hatte sich plötzlich so müde gefühlt und konnte die Augen nicht mehr aufhalten. Nun, da sie wieder wach war, vernahm sie halt diese Geräusche, konnte aber weder etwas in der Dunkelheit sehen noch etwas anfassen. So blieben nur die eigene Intuition und das Geräusch. Sie versuchte sich zu drehen und stampfte unbeabsichtigt mit dem rechten Fuß auf den Fußboden. Plötzlich stampfte da noch jemand dreimal auf den Boden. Ilka stampfte nun ebenfalls dreimal auf den Boden. Sofort wurde ihr Stampfen vierfach erwidert. Es gab keinen Zweifel mehr, hier war noch jemand im Raum. Genauso gefangen und gefesselt wie sie? Aber wer war das? Wer und warum? Ilka grübelte und grübelte. Sie musste mit dieser Person kommunizieren, aber wie?

Buchfund

Okko Bruns blätterte hastig in alten Schriften Ostfrieslands. Peter Jensen zog ein Buch nach dem anderen aus den Regalen der Bibliothek der Ostfriesischen Landschaft. Lennert Jakobs suchte nach Bildmaterial in verschiedenen Kirchenbüchern. „Ich glaube, ich hab's Okko, ja ich hab da was", jubelte Peter Jensen und schnappte nach einem dünnen alten Buch im Regal. Das Buch kam aus den dreißiger Jahren und war mit die „Heiligen Linien durch Ostfriesland" betitelt. Okko grabschte sofort nach dem Exemplar und begann die Seiten des Buches durchzuschauen. „Hier, seht mal hier, hier steht was von einem Kloster in Ihlow. Klöster haben auch Klostergärten, das muss es sein", jauchzte Okko Bruns freudig auf. Jensen und Jakobs klopften Bruns auf die

Schultern. „Ja, das könnte passen, Okko, ich kenne die Klosterstätte Ihlow, war nur nicht drauf gekommen. Dort gibt es einen Klostergarten", stimmte Jakobs Okko zu. Bruns schnappte seine Jacke wieder und forderte die beiden anderen auf, ihm zu folgen. Alle drei machten sich nun auf den Weg nach Ihlow.

Unterwegs rief Okko Bruns seinen Chef an. Er informierte artig über den aktuellen Sachstand und bat Osterkamp um Verschwiegenheit. Er wollte Lana und Ilka nicht gefährden, nicht mehr, als aktuell eh schon.

Wiedersehen

Lana hörte den Schließmechanismus einer Tür. Irgendjemand versuchte eine Tür im Raum zu öffnen. Hoffnung keimte in ihr auf, und sie wartete ungeduldig auf das, was nun kommen würde. Die Tür öffnete sich und ein Taschenlampenlicht schien in den Raum. Lana konnte nicht erkennen, was hinter der Lampe war. Dazu blendete das Licht zu sehr. „So ihr beiden Hübschen, ich mache euch nun beide an den Händen los, auch werde ich eure Knebel entfernen, schreit jemand von euch, wird es der letzte Schrei sein", die Stimme klang sanft aber sehr bestimmend. Zwei Teller und vier Cola standen plötzlich auf dem Tisch und Lana fühlte sich sehr erleichtert, als ihr die Handfesseln und der Knebel entfernt wurden. Nachdem auch Ilka von ihren Fesseln befreit war, zog sich die Stimme aus dem Zimmer zurück und verschloss die Tür wieder. Augenblicklich wurde es hell in dem Raum und Lana und Ilka sahen sich einander an. „Du? Was um Himmelswillen ist passiert?" sah Lana Ilka fragend an. „Das weiß ich leider nicht, ich bin entführt worden, in eine Falle getappt, an der Haneburg in Leer", entgegnete Ilka, „ich weiß weder wer uns hier festhält, noch warum", ergänzte sie noch. „Wo sind wir hier eigentlich, hast du eine Ahnung was das hier ist?" fragte Lana. „Nee, absolut nicht, scheint ein Kellerraum zu sein, keine Fenster, keine Geräusche. Ich habe echt Angst, das erste Mal im Leben fühle ich mich völlig hilflos", entgegnete Ilka aufgebracht. Die beiden machten sich hungrig über das Essen her und tranken die erste Cola in wenigen Zügen. Der Eimer für ihre Bedürfnisse begann allmählich an zu stinken, trotz Deckel. Ilka roch sich mittlerweile selbst und verspürte Ekel.

Nach dem Essen wurden beide müde, und aus einer anfänglich regen Unterhaltung wurden schnell träge und unverständliche Worte, als wenn beide sturzbesoffen wären. Das Reden fiel beiden so schwer, dass sie binnen fünf Minuten wieder einschliefen. Sie nahmen nicht mehr wahr, dass sich die Tür erneut öffnete.

Pressefreiheit

Bastian Grollek schaute aus dem Fenster seines Büros der Ostfriesischen Zeitung. Er träumte gerade von seinem gebuchten Sommerurlaub im nächsten Jahr, zwei Wochen auf Gran Canaria. Er hatte sich schon manchen Traum mit seinem Redakteursjob erfüllt, nächstes Jahr sollte es nun Gran Canaria werden. Inmitten seiner Träume wurde er von seinem Diensthandy gestört. „Grollek, wie kann ich Ihnen helfen?" fragte er freundlich. „Nun, ich denke, ich kann Ihnen helfen und ein bissel für Ihre kreative Ader tun", erwiderte eine Stimme am anderen Ende der Leitung. „Geht das auch genauer?" fragte Grollek knapp nach. „Na, ich weiß aus sicherer Quelle, dass bei der Kripo in Aurich und Leer/Emden jeweils eine Beamtin abhandengekommen ist und dass beide Dienststellen alles versuchen, dass niemand davon erfährt", gab die Stimme freundlich zurück. „Wie, abhanden, was soll das heißen?"

fragte Grollek ungeduldig nach. „Es geht das Gerücht um, dass der Terrorist Torre Breedenbeek wieder sein Unwesen in der Region treibt. Wäre doch möglich, dass er damit zu tun hat. Am Idasee wurde eine Leiche gefunden, die Identität weist auf einen im letzten Jahr verschwundenen Angler hin, er wurde enthauptet", fuhr die Stimme fort. Grollek ging barsch dazwischen: „das wissen wir bereits, steht morgen in der Zeitung." „Ja, das mag sein, aber dass auf der Leiche DNA von Breedenbeek gefunden wurde, und dass bei einer weiteren Leiche an der Stickhausener Burg ebenfalls DNA von ihm gefunden wurde, das wissen Sie noch nicht, oder?" lachte die Stimme in den Hörer. „Nun hören Sie mal genau zu: beide Morde sind hier bekannt und werden morgen thematisiert, da sind wir dran. Aber was hat das mit zwei verschwundenen Polizisten zu tun?" patzte Grollek zurück. „Nun, seien Sie doch nicht so ungeduldig, ich informiere Sie ja nur und ich halte Sie auf dem Laufenden, ganz umsonst und aktuell", gab die Stimme von sich. Grollek wollte noch mal nachfragen, aber die Stimme hatte aufgelegt. Hastig suchte er im Handy nach einer Nummer und wählte sie. „Hier Grollek, von der Ostfriesischen Zeitung, wir müssen mal reden, mir ist da etwas zu Ohren gekommen." Am anderen Ende herrschte Stille und der Teilnehmer legte direkt wieder auf. Grollek wählte die Nummer erneut und bestärkte noch mal eindringlich sein Anliegen.

Sehen und gesehen werden

Das ehemalige Kloster Ihlow liegt in der Gesamtgemeinde Ihlow. Inmitten eines großen Waldgebiets verläuft ein circa neunhundert Meter langer Spazierweg zur Klosteranlage. Ungefähr auf der Hälfte des Weges werden Spaziergänger von großen Spruchplanen über dem Weg über die ehemaligen Küren (Gesetze) der Friesen zur Zeit der friesischen Freiheit informiert. Am Ende des Weges fällt der Blick auf die wunderschöne Silhouette der ehemaligen Klosterkirche. Unterhalb des mächtigen Stahlgerüstes befinden sich die ausgegrabenen Fundamente der ehemaligen Anlage. Mit vielen Informationen rund um das Leben und Handeln dort, wird der Zuschauer in die Blütezeit des Klosters versetzt.

Seitlich der Anlage befindet sich der wunder-
schöne Klostergarten mit vielen Kräutern und
Pflanzen. Angrenzend gibt es ein gemütliches
Klostercafé und einen Klosterladen, wo nach
Herzen geschlemmt und eingekauft werden
kann. Die Anlage ist weit über die Grenzen
Ostfrieslands bekannt und touristisch eine
gern besuchte Attraktion. Die Gemeindever-

waltung um den Bürgermeister der Samtge-
meinde Ihlow, Arno Ulrichs, als absolut aktiv
und bürgernah bekannt, hatte dieses Natur-
und Geschichtsjuwel schon sehr früh als eine
große Chance der Region erkannt und somit
erfolgreich ausgebaut. Übers ganze Jahr
finden hier kulturelle Veranstaltungen und
Events statt. Für jeden etwas dabei, denn
Freunde von Natur, Geschichte und regionaler
Kultur werden hier ganzjährig vorzüglich be-
dient.

„Noch einen Kaffee, junge Frau?" die freundliche Bedienung sprach die junge Frau draußen auf der Terrasse des Klostercafés höflich
an. „Ja gerne, es ist so schön hier, ich genieße
den Blick und die Ruhe, ich hätte auch noch
gerne ein Stück von Ihrem leckeren Apfel-
kuchen mit Sahne", erwiderte die Frau, deren
dunkle Sonnenbrille fast ihr ganzes Gesicht
verdeckte. „Gerne", erwiderte die Bedienung
und ging mit schnellen Schritten wieder ins
Café. Die junge Frau schaute immer wieder
auf den wunderschönen Klostergarten. Sie
schien ein wenig ungeduldig, aber sie genoss
trotzdem die Stille und Ruhe der Umgebung
der Anlage. „Bitteschön", die Bedienung stellte
den frischen Kaffee und das Stück Kuchen auf

den Tisch. „Dankeschön, sehr lecker", erwiderte die Frau am Tisch und schaute wieder Richtung Klostergarten, der plötzlich von drei Männern betreten wurde. Sie bewegten sich hastig und ungeduldig. Sie schienen irgendetwas zu suchen. Die junge Frau griff zum Handy und wählte eine Nummer.

Gegen die Zeit

„Bruns, hier, was gibt es Herr Osterkamp, wir sind gerade unterwegs", grunzte Okko Bruns ins Handy. „Ich bekam gerade einen Anruf von der Ostfriesischen Zeitung. Die wissen anscheinend Bescheid über unsere vermissten Polizistinnen, ich habe nichts gesagt, aber ich weiß nicht, wie lange wir das noch intern halten können", antwortete Osterkamp erregt.

„Scheiße Mann, wir brauchen Zeit Chef, wir sind kurz davor, die beiden zurückzuholen, es geht um mich, nur um mich, ich weiß, hinter all dem steckt Torre Breedenbeek, er will mich am Boden sehen, nicht Frau Pommer und Frau Booken, halten Sie die Presse zurück", flehte Bruns seinen Chef an. „Ja natürlich, ich versuche es doch, bringen Sie die Sache zu Ende", kam die knappe Antwort. „Machen wir, heute noch", erwiderte Bruns und drückte aufs Gaspedal.

Fünf Minuten später kamen die drei Kripobeamten am Ihlower Kloster an. Anstatt den Weg zum Kloster zu Fuß zu gehen, raste Bruns direkt mit dem Wagen entlang der Strecke zum Kloster. Zweimal sprangen Fußgänger zur Seite, schüttelten mit dem Kopf und zeigten den Beamten einen Vogel. Das war Bruns egal, hier ging es um Leben und Tod. Sie sprangen am Kloster aus dem Wagen und steuerten den Klostergarten an. „Hier muss es sein, Okko!" rief Lennert Jakobs aufgeregt. Die drei Männer durchstöberten Gang um Gang im Klostergarten Ihlow. Am sogenannten „Hexengarten" entdeckte Jensen plötzlich ein kleines Päckchen. „Hier, Okko, ich hab was, hierher, kommt schnell", rief er den beiden anderen zu, die zu ihm rannten und sich auch das kleine Päckchen ansahen. „Aufmachen!" Okko riss das Päckchen auf und schaute hinein. Wieder lag ein Neujahrskuchen mit Ostfrieslandwappen über einem weißen Zettel:

SPUTE DICH NUN, OKKO DU NARR
WENN DU KOMMST, BIN ICH DA
AM MITTELPUNKT SOLL ES SO SEIN
DORT ERFÄHRST DU SCHMERZ UND PEIN

DOCH EINES SOLL GEWISS DIR SEIN
LANA UND ILKA WERDEN SEIN, FREI
WENN DU TUST DEINEN LETZTEN SCHREI
MÖGEN DIE SPIELE HIER ENDEN
TORRE BREEDENBEEK

Okko las die Zeilen laut vor. Den beiden anderen liefen gerade mal Schauer über ihre Rücken.

„Meine Fresse, ist das ein kranker Typ", stöhnte Jensen. „Ja, der ist absolut ein Psychopath, das hat er immer wieder bewiesen, darum muss nun auch Schluss sein", ließ Okko von sich. „Du willst dich da doch nicht opfern, oder Okko?" fragte Lennert Jakobs ängstlich nach. „Ich habe keine andere Wahl, ich muss nun zu ihm hin, er wird sein Wort halten, das weiß ich, dann sind Lana und Ilka frei", erwiderte Okko bestimmt. „Aber wo soll das sein, wo ist der Mittelpunkt, was meint er damit?" gab Lennert zu bedenken. „Der Mittelpunkt Ostfrieslands liegt in Westerende Holzloog, ich weiß wo das ist, wir müssen sofort dorthin", hastete Okko zum Auto. „Aber woher weiß er, wann wir dort sind?" fragte Jensen noch mal nach. „Er wird jeden Schritt, den wir machen kennen, so hat er immer agiert, glaubt mir, er ist uns näher als wir glauben", gab Okko zurück.

Sie bemerkten nicht, dass sie die ganze Zeit gut beobachtet wurden. Die junge Frau im Klostercafé legte gerade ihr Handy zurück. Sie hatte eine wichtige Information abgesetzt.

Glück im Spiel, Pech im Leben

Aufbruch

Die klare Abendluft an der „Hafenkiste" am Auricher Hafen tat Simon Kloster gut. Ja, es war kalt aber eben wunderschöne Luft. Der Mond schien schon hell am wolkenklaren Himmel und erste Sterne zeigten zart die Ankunft der kommenden Nacht. Kloster trank genüsslich sein drittes Bier und schaute auf den Hafen. Ihm fiel besonders die alte Tjalk auf, die vor zwei Tagen hier eingelaufen war. Sie schien sehr gepflegt und erst kürzlich restauriert zu sein. Kloster mochte diese alten Schiffe. Sie sprachen mit ihrem Antlitz eine alte geschichtliche Sprache, und jede Planke zeigte die hohe Kunst des friesischen Schiffbaus. Kloster bemerkte die Aktivitäten an der „Eala Frya Fresena" zunächst nicht. Es war schon recht dunkel, aber plötzlich sah er ein Fahrzeug in der Nähe des Schiffs. Anscheinend wurde es gerade vom Schiff aus beladen.

Kloster vermutete einen Abtransport von Gütern oder Proviant. Er sah einen Mann, der immer wieder vom Schiff zum Fahrzeug und zurück etwas transportierte. Irgendwie kam ihm diese Aktion komisch vor, er dachte aber auch nicht wirklich darüber nach. Als Kloster sein viertes Bier serviert bekam, sah er das Fahrzeug vom Schiff aus Richtung Hauptstraße abfahren. Schemenhaft konnte er einen Insassen erkennen. Seine Neugierde ließ ihn nicht los. Er bezahlte hastig und ging mit schnellen Schritten auf die alte Tjalk zu. Wie magisch zog dieses alte Schiff Kloster in seinen Bann und er betrat das Deck. „Hallo, ist jemand hier?" rief er. Keine Antwort. Er wiederholte seine Frage noch zweimal. Keine Antwort. Kloster prüfte die Klinke der Decksluke und stellte überraschend fest, dass sie offen war. Er stieg hinab und kam wiederum vor eine verschlossene Tür. Er drückte auf die Klinke, auch sie war offen. Als er die Tür öffnete, begegnete ihm zunächst ein fürchterlicher Gestank nach Fäkalien. Er schaute in den Raum, es war aber sehr dunkel und so konnte er nichts erkennen. Neben der Tür war ein Kippschalter. Kloster betätigte den Schalter und schaute abermals in den Raum. Ihm stockte der Atem. Er schaute auf einen Tisch, zwei Stühle und verdreckte Laken auf dem Boden. An der Wand waren Ösen und Ketten, wie in einem Verlies. Ihm wurde sofort klar, dass hier jemand festgehalten worden war. Er rannte von Bord und wählte die Notrufnummer der Polizei.

Mittelpunkt Ostfriesland

Am Herrenhüttenweg in Ihlow liegt der errechnete Mittelpunkt Ostfrieslands. Ein kleines Denkmal mit Karte und Wappen weist dort auf diesen Ort hin. Zusätzlich lädt eine Sitzgelegenheit zum gemütlichen Verweilen ein. Okko Bruns raste mit neunzig Stundenkilometern über die Straße Richtung Denkmal. Circa dreihundert Meter vor dem Denkmal bog er in eine Seitenstraße ein und brachte den Wagen zum Stehen. „Ich werde nun zum Denkmal gehen, ihr folgt mir fünf Minuten später über das Land dort nebenan. Sobald Breedenbeek dort eintrifft und ihr erkennen könnt, dass Lana und Ilka in seiner Gewalt sind, greift ihr zu. Passt auf, dass euch niemand folgt und ihr nicht in einen Hinterhalt geratet", wies Okko seine beiden Kollegen an. „Alles klar, Okko, wir wissen was zu tun ist", entgegnete Lennert Jakobs zuversichtlich. Okko zog sich seine schussfeste Weste an und stieg aus dem Wagen. Er ging zielstrebig auf das Denkmal zu. Dort angekommen war nichts und niemand zu sehen. Okko atmete erst mal durch. Die beiden Kollegen folgten über das angrenzende Landstück und gingen dort hinter einer alten Eiche in Deckung. Okko nahm zwei Scheinwerfer wahr, die auf ihn zukamen. Er machte sich bereit für das große Finale. „Jetzt wirst du bluten, Torre Breedenbeek, dein Spiel geht heute zu Ende", sagte Bruns leise vor sich hin.

Heilige Linie Upstalsboom

Torre Breedenbeek, alias Keno Backhaus, fuhr mit schnellem Reifen Richtung Upstalsboom in Aurich Rahe. Das Denkmal der friesischen Freiheit steht etwas abgelegen, umrundet von hohen Bäumen mit Wegen und Sitzgelegenheiten. „Endstation, meine Damen, heute geht es in die Freiheit für euch", lachte Breedenbeek die beiden an. Lana Booken und Ilka Pommer saßen auf den Hintersitzen, die Arme nach hinten gebunden, Kapuzen auf dem Kopf und getapete Münder. Er zog beide aus dem Fahrzeug und schob sie vor sich her zum

Denkmal am Upstalsboom. Der Platz war wie erwartet, menschenleer. Breedenbeek hatte nachmittags Baustellenschilder an der Einfahrt aufgestellt. Gut, dass es niemandem aufgefallen war und niemand das Gelände befahren hatte. Lana und Ilka setzte er auf die Parkbank links vom Denkmal. „So, hier brav sitzenbleiben, ich mache euch los, sobald ich Bruns erledigt habe", grinste er die beiden weiblichen „Kapuzen" an. Er ging zum Wagen zurück und holte ein großes Schwert aus dem Kofferraum. Dieses postierte er neben dem Baumstumpf, links vor dem Denkmal.

„Na, Bruns, nun kannst du kommen, es ist alles bereit für dich", lachte er laut auf. Torre ging ein paar Schritte beiseite und griff zum Telefon. „Hi, Schatz, wie sieht es aus, alles nach Plan verlaufen?" fragte Breedenbeek etwas aufgeregt. „Ja, alles gut, die haben das Päckchen gefunden, sind gerade los, wird nicht mehr lange dauern, dann sind sie da", entgegnete die Stimme am anderen Ende der Leitung. „Okay, dann fahr bitte nun auch hierher und warte auf dem Parkplatz vorne vor der Allee", bat Torre. „Du wartest bitte spätestens bis 20:00 Uhr dort, sollte ich dann nicht da sein, tauchst du unter", fügte Torre bestimmend hinzu. „Ja, aber wenn es sich verzögert?" fragte die Stimme nach. „Egal, dann tauchst du unter, du musst dann sofort weg da", befahl Torre noch mal mit Nachdruck.

Notruf Aurich

„Moin, ich, ich, äähhh, ich muss was melden", sagte die aufgeregte Stimme am Telefon. Simon Kloster war schwindelig vor Aufregung. „Ich bin in Aurich am Hafen und habe gerade auf einer alten Tjalk eine Entdeckung gemacht", fuhr er fort. „Nun mal ganz langsam, wer sind Sie, wo sind Sie gerade und warum laufen Sie auf fremden Schiffen rum, das ist Hausfriedensbruch, schlechtesten Falls Einbruch", entgegnete die Stimme der Polizeistation Aurich zurück. „Verstehen Sie bitte, ich habe beobachtet, wie eine Person ein Fahrzeug beladen hat, irgendetwas Großes einlud und wegfuhr, dann bin ich nur zum Schiff, und alle Türen standen offen, ich hab da nur reingeschaut. Da drinnen sieht es ganz so aus, als ob da jemand eingesperrt war, sonst hätte ich doch nicht angerufen", antwortete Kloster ängstlich. „Okay, bleiben Sie bitte in der Nähe, wir kommen dorthin, fassen Sie bitte nichts an und lassen alles so wie es ist", bat die Stimme

Kloster dann aber sehr höflich. „Alles klar, mache ich, ja klar, natürlich", bestätigte Kloster die Ansage. Er legte auf und ging wieder zur „Hafenkiste", bestellte sich einen Kaffee und beobachtete die Umgebung des Hafens.

Falsche Spur

Okko Bruns stand am Mittelpunkt Ostfrieslands und verfolgte die beiden Scheinwerfer angespannt. „Na komm raus, du Bestie, bluten wirst du, heute bringe ich dich zur Strecke", Okko Bruns zog seine Waffe und lud durch. Er ging hinter dem kleinen Denkmal in Deckung. Die beiden Scheinwerfer gingen aus, das Fahrzeug blieb am Rand der Straße stehen. Die Fahrertür ging auf und eine große Gestalt stieg aus. Sie bewegte sich zu einem kleinen Gebüsch gegenüber dem Denkmal auf der anderen Straßenseite. „Zugriff!" schrie Okko Bruns. Jakobs und Jensen hechteten über das Land zu Bruns. Der rannte mit vorgehaltener Waffe auf die Gestalt zu und blieb zwei Meter vor ihr stehen. „Hände hoch, du Bestie, keine Bewegung, du hast keine Chance mehr", Bruns hatte die Gestalt genau im Visier. Jakobs und Jensen waren mittlerweile dazugestoßen und hielten die Gestalt seitwärts in

Schach. Die Gestalt riss die Arme hoch, machte sich in dem Moment das Hosenbein nass, weil sie ihr Geschäft nun unkontrolliert verrichtete und blieb mit geöffneter Hose, zitternd stehen. „Ist ja gut, ich wollte doch nur ‚Pipi', machen, ich weiß, dass man das hier draußen nicht darf, aber deswegen verhaften, finde ich schon übertrieben", stotterte die Gestalt vor sich hin. „Klappe, du verarscht uns nicht noch mal, auf den Boden und die Arme auf den Rücken", befahl Okko Bruns. Die Gestalt warf sich auf den Boden, legte die Hände auf den Rücken und bibberte: „Leute, ich wollte doch nur ‚Pipi' machen, was ist denn los mit euch?" Jakobs öffnete die Türen des Fahrzeugs. „Hier ist nichts drin, Okko", rief er Bruns zu. „Wo sind die beiden Frauen, die du in deiner Gewalt hast?" fragte Okko die Gestalt am Boden und legte ihr Handschellen an.

„Leute, ich habe niemanden in meiner Gewalt, mein Name ist Rainer Brand, ich komme aus Moordorf und habe hier nur angehalten, weil meine Pfeife drückte", erklärte er den Beamten. „Im Handschuhfach sind meine Papiere, schauen Sie doch einfach nach", ergänzte er. „Lennert, schau bitte ins Handschuhfach", bat Okko Bruns Jakobs. Nachdem die Personalien mit der Aussage übereinstimmten, schauten sich die drei Beamten erst mal fragend an.

„Scheiße Mann, löst ihm die Handschellen, er sagt die Wahrheit", fluchte Okko Bruns. Brand stand auf und war noch immer geschockt. Sein Hosenstall stand noch offen, er hatte sich komplett eingepinkelt. „Tut uns sehr leid, wir hatten Sie für jemanden anderes gehalten", entgegnete Okko Bruns und klopfte Brand auf die Schulter. Der wiederum schüttelte mit dem Kopf und stieg wortlos in sein Fahrzeug. „Scheiße Mann, dreimal Scheiße, wir lagen falsch", zeterte Okko Bruns und rannte hin und her.

Tanja Dusends

Auf der Fahrt von der „Hafenkiste" zum Up-stalsboom dachte Tanja Dusends an die letzten Jahre. Sie, ja sie war mit der Fratze, dem Monster, dem Terroristen Ostfrieslands, Torre Breedenbeek, zusammen. Alles hatte einmal so schön und idealistisch angefangen. Die Facebook-Gruppen „Wi sünd Oostfreesen un dat mit Stolt" und „Leckerst un Best van Stolt Oostfreesen", waren ihr ganzes gemeinsames Hobby gewesen. Tanja und Torre waren beide Admins der Gruppen, und als Torre gewahr wurde, dass er als Admin hintergangen worden war, wurde alles anders. Torre hatte sich in etwas hineingesteigert. Tanja hatte immer zu ihm gehalten, aber nach Bekanntwerden der Morde an den Mit-Admins war sie zusammengebrochen und musste monatelang in eine geschlossene Klinik. Nach dem von Torre angeführten Bombenanschlag auf den Emstunnel wollte Tanja sich dann schnell von ihm trennen, aber Torre hatte sich immer wieder aus seinen Verstecken gemeldet, ihr seine Liebe beteuert und letztlich liebte sie ihn ja genauso, ohne Ende. Erst kürzlich hatte er sie gebeten, ihn bei seiner letzten Racheaktion zu unterstützen und ihr versprochen, danach nie wieder etwas Illegales zu unternehmen. Torre hatte viel Geld, ganz viel Geld aus dem Banküberfall im Zusammenhang mit dem Bombenanschlag, versteckt. Damit wollten die beiden heute Nacht Richtung Niederlande und dann Richtung Schottland fliehen. Tanja Dusends hoffte nun, dass Torre sein Wort hielt und bog gerade in Aurich Rahe in die Straße zum Upstalsboom ein. Dort parkte sie auf dem kleinen Parkplatz vor der Allee zum Upstalsboom. Sie stellte den Motor ab, machte die Scheinwerfer aus und lehnte sich wartend zurück. Mittlerweile war es schon dunkel und Tanjas Fahrzeug stand nun von der Dunkelheit geschützt und daher unauffällig auf diesem Platz.

Endspurt Okko

„Wir liegen falsch hier, Okko", schaute Lennert Jakobs Okko an. „Blödsinn, wo soll das denn sonst sein?" gab Bruns leicht verächtlich von sich. „Okko, hör mal zu, in dem Reim geht es um den Mittelpunkt aber ich denke um den Mittelpunkt der Heiligen Linie, und der ist nicht hier", sagte Lennert bestimmt. „Wie kommst du denn darauf?" fragte Okko nach. „Ganz einfach, Okko. Torre Breedenbeek war Admin der Facebook-Gruppe ‚Wi sünd Oostfreesen un dat mit Stolt‘, die Gruppe existiert ja immer noch und ist nach dem Neujahrskucheneisen mit Ostfrieslandwappen stetig größer geworden. Die planen im Sommer eine Fahrradtour entlang der Heiligen Linie durch Ostfriesland, da habe ich gerade mal nachgeschaut." „Und, mach dat nich so spannend, was ist damit?" drängelte Okko Bruns. „Die Heilige Linie Ostfrieslands hat ihren Kreuzpunkt am Upstalsboom, Okko, und nicht hier", erwiderte Jakobs. „Scheiße Mann, Scheiße, das kann passen, dort, wo auch mit Breedenbeek alles begann", Okko fluchte vor sich hin. „Christian eins, für Zentrale", Okkos Funkgerät meldete sich. Okko rannte zum Wagen. „Christian eins hört", erwiderte Okko. „Wir haben eine Meldung über eine alte Tjalk im Auricher Hafen. Dort soll jemand festgehalten worden sein, vermutlich sogar zwei Personen, und von dort ist vorhin ein Fahrzeug mit Fracht abgefahren", gab die Stimme in der Zentrale von sich. „Wie lange ist das ungefähr her, dass der Wagen dort abgefahren ist, wissen wir das?" fragte Okko nach. „Ja, vor ungefähr einer Stunde, plus minus", erwiderte die Stimme. „Alles klar, schicken Sie alle verfügbaren Kräfte zum Upstalsboom, sie sollen auf dem kleinen Parkplatz vor der Allee auf den Einsatz warten. Wir fahren dort nun hin, Zugriff nur auf meinen Befehl", befahl Okko Bruns der Zentrale. „Okay, verstanden", antwortete die Stimme. „Abfahrt, Jakobs, wir fahren zum Boom, gute Arbeit", nickte Okko den beiden anderen Polizisten zu. Der Wagen setzte sich in Bewegung und brauste Richtung Upstalsboom in Aurich Rahe.

Zu jung zum Sterben

Lana und Ilka saßen auf der Bank und verfolgten das Telefonat von Torre. Er lief auf und ab und schaute immer wieder zur Uhr. Dann kam er auf die beiden zu und schwang sein Schwert über ihren Köpfen. „Mir scheint, Bruns hat keinen Arsch in der Hose, er lässt lange auf sich warten", grinste Breedenbeek, alias die Fratze, alias Keno Backhaus, die beiden Beamtinnen an. „Sicher nicht, er wird kommen, er wird dir den Arsch versohlen und dich endlich dingfest machen, Breedenbeek", reizte ihn Lana. „Dünnes Eis du Schlampe, ganz dünnes Eis, wir warten noch einen kurzen Moment und dann kannst du zuschauen, wie deine Kollegin um einen Kopf kürzer schrumpft", lachte Torre die beiden aus.

Kalte Schauer liefen Ilka über den Rücken und sie merkte, dass ihr ganzer Körper zitterte. Breedenbeek lief zum Baumstumpf und schlug mit dem Schwert einen Hieb hinein, so, als wolle er üben. Er schaute wieder zur Uhr, ungeduldig lief er wieder auf und ab. Plötzlich ging er mit schnellen Schritten auf Ilka zu, drückte beiden den Knebel wieder in ihren Mund, zog Ilka an den Haaren zum Baumstumpf und drückte ihren Kopf auf den Stumpf. „Ich denke, ich habe lang genug gewartet!" rief er Lana zu und nahm das Schwert in beide

Hände. Lana wollte schreien, aber der Knebel hinderte sie. Breedenbeek schaute Lana verächtlich an und holte mit mächtigem Schwung zum Schlag aus.

Verlorenes Spiel

Okko brauste auf den Parkplatz am Upstalsboom, alle drei sprangen aus dem Wagen und liefen los. „Hört mir zu, ich werde nun direkt auf den Upstalsboom zulaufen, ihr folgt mir mit Abstand und greift nur dann ein, sobald Lana und Ilka frei sind, wenn sie dort sein sollten, keinen Moment eher", Okko beschwor seine Kollegen. „Aber was ist, wenn du in Lebensgefahr bist und Ilka und Lana noch nicht frei?" fragte Peter Jensen nach. „Dann geht das Leben der beiden vor meines, ich muss mich auf euch verlassen können", beantwortete Bruns die Frage knapp aber bestimmend.

Okko Bruns lief mit schnellen Schritten entlang der Allee zum Upstalsboom. Jensen und Jakobs folgten ihm seitwärts durchs Gebüsch. Am Upstalsboom angekommen sah Okko, wie Ilka Pommer auf der Erde kniete, mit ihrem Kopf auf dem Baumstumpf. Lana saß gefesselt auf der Bank, sah Okko und wollte rufen, konnte aber ja nicht. „Halt, du Bestie, du willst doch mich, also hier bin ich, ganz allein und bereit für das Finale, lass uns das Spiel zu Ende spielen", Okko stand breitbeinig und ließ seine Waffe auf den Boden fallen. Breedenbeek lachte laut auf. „Ja, da ist er ja, der große Kriminalhauptkommissar Okko Bruns aus Aurich, Zeit zu sterben, Bruns", Breedenbeek lachte noch lauter auf. Breedenbeeks Handy surrte.....

Geh ran Torre, geh ans Telefon

Tanja Dusends sah das Fahrzeug mit den drei Polizisten ankommen. Die drei stiegen aus und sprachen kurz miteinander. Einer der Beamten ging zielstrebig die Allee entlang. Die anderen beiden waren auf einmal verschwunden. Zu dunkel war es schon um etwas genauer zu sehen. Tanja nahm hastig das Handy und wählte die Nummer von Torre. Sie ließ klingeln aber es ging niemand ran. Noch einmal versuchte sie Torre zu warnen. In dem Moment kamen drei schwarze Passat und ein Bulli auf den Parkplatz zu. Mehrere Personen sprangen aus den Fahrzeugen und formierten sich in Wartestellung. Eine Taschenlampe leuchtete plötzlich in Tanjas Seitenscheibe. Die Tür wurde aufgerissen und Tanja Dusends aus dem Fahrzeug gezogen. „Polizei, was machen Sie hier, Sie behindern einen Einsatz", hörte sie einen Beamten forsch sagen. „Bringt die Frau in den Mannschaftsbulli, nehmt die Personalien auf und haltet sie erst mal fest", ordnete der Beamte zwei seiner Kollegen an. Tanja Dusends wurde in den Bulli gebracht. Ein Beamter nahm das auf den Fahrzeugboden gefallene Handy von Tanja Dusends an sich. Im Bulli liefen Tanja dicke Tränen über die Wangen, sie ahnte das Ende der langen Reise des Torre Breedenbeek.

Leever dood as Slav

Breedenbeek schaute auf sein Handy, in der anderen Hand hatte er das Schwert. Tanja hatte versucht, ihn zu erreichen. Er zog Ilka vom Baumstumpf hoch und hielt ihr das Schwert an die Kehle. „Okay Bruns, dann wollen wir mal", Breedenbeek zeigte mit einer Geste auf den Baumstumpf. Er wollte, dass Okko Bruns sich freiwillig dorthin begab. „So läuft das nicht, Breedenbeek, erst lässt du die beiden frei, dann komme ich zu dir", Bruns machte ihm eine Ansage. „Nö, wir treffen uns in der Mitte, du bindest die Hosenscheißerin auf der Bank frei, dann kann sie gehen und du kommst hierher. Sobald du mit deinem Schädel auf dem Stumpf liegst, lasse ich diese Schlampe auch frei", grinste er Bruns an. Bruns lief auf die Parkbank zu und befreite Lana von Knebel und Fesseln. „Du läufst nun schnurstracks die Allee hoch, schaust dich nicht um und hältst nicht an", Okko redete eindringlich auf Lana ein. Lana nickte und stolperte los. Sie konnte schlecht gehen, weil sie so lange gefesselt in Zwangslage gelegen hatte. Ihre Beine waren wie Pudding. Als sie auf Höhe des Eingangs der Allee war, bewegte sich Okko auf Torre Breedenbeek zu. Er schaute abwechselnd in Ilkas und dann wieder in Torres Augen. Selbst in der Dunkelheit blitzten sie im Sternen- und Mondlicht. „Lass sie frei, Breedenbeek, ich habe alles erfüllt", Okko schaute ihn bestimmend an. „Na, du solltest deinen Platz noch eben auf dem Baumstumpf einnehmen", grinste Torre Breedenbeek ihn an. Okko bückte sich zum Stumpf und griff nach einer Hand voll Sand auf dem Boden. Blitzschnell drehte er sich zu Breedenbeek und schmiss ihm den Sand ins Gesicht. Damit hatte Breedenbeek nicht gerechnet, er verlor für einen Augenblick die Kontrolle über die Lage und Ilka konnte sich losreißen. Sie wich

nach links aus. Torre holte zum Stich aus, wollte Okko sein Schwert in den Bauch rammen. Dann fiel ein Schuss. Torre riss die Augen weit auf, er schaute an sich runter und sah Blut auf seinem Pullover. Er sackte in die Knie und fiel nach vorne über. Bruns riss seine Hände auf den Rücken und fesselte ihn mit Handschellen. Jakobs und Jensen schnellten aus dem Gebüsch und kamen Okko zur Hilfe. Torre Breedenbeek atmete noch leise und sprach mit einem letzten Atemzug:
„LEVER DOOD AS SLAV"
Dann schloss er die Augen für immer.

Neues altes Team

Okko Bruns schaute sich im neuen Büro in Leer um. Nach den ereignisreichen Tagen rund um Torre Breedenbeek und die Entführungen seiner Kolleginnen, genoss Bruns seine Tasse Tee auch in Leer. Lana und Jakobs waren nun mit Okko Bruns gemeinsam nach Leer versetzt worden. Sie bildeten mit Ilka Pommer und Peter Jensen ein fünfköpfiges, schlagkräftiges Team, das sich in den vergangenen Jahren das eine oder andere Mal schon bewährt hatte.

Okko schaute aus dem Fenster seines neuen Büros und sah von dort aus auf den Leeraner Hafen. Er erwog sogar in absehbarer Zeit nach Leer zu ziehen, die Stadt mit der wunderschönen Altstadt gefiel ihm sehr. „Okko, wir treffen uns heute Abend in Aurich, wollen unsern Erfolg feiern, du gehst doch mit, oder?" fragte Lana fröhlich. „Klar, wir fahren alle zusammen, ich fahre, dann dürft ihr ein Bierchen zwitschern", antwortete Okko.

Zwei Stunden später saßen alle fünf im Auto auf dem Weg nach Aurich. In Simonswolde bog Okko bei „Addis Hofkiste" ein. „Addis Hofkiste" ist ein Hofladen mit vielen Leckereien. Okko stieg aus und verschwand in der Blockhütte. Die anderen setzten sich draußen auf die Bänke und genossen die Ruhe und die Landluft. Mit fünf Eisbechern kam Okko aus der Blockhütte und gab jedem ein Eis. „Was ist das denn Okko?" fragte Peter Jensen staunend. „Dat is Kinnertöön Iis, mien Jung, heel wat leckers", grinste Okko die anderen an. Kinnertöön ist ein Getränk aus Branntwein und Rosinen, das in Ostfriesland zu Geburten getrunken wird. Eine alte ostfriesische Tradition. Lana probierte das Eis und schmunzelte. „Boah wat lecker, das ist ja besser als Malaga

Eis", schwärmte sie. Auch die anderen genossen ihren Eisbecher in vollen Zügen. Okko lachte und sagte: „Nun ratet mal, wer das Eis erfunden hat. Die Idee kommt letztlich nicht von hier. Addis Hofkiste produziert es nach verfeinertem Rezept, erfunden wurde es woanders." „Keine Ahnung, sag uns wer dat leckere Zeug erfunden hat, du machst uns neugierig", lachte Lennert Jakobs in die Runde. „Na, ihr werdet es nicht glauben, es kommt als Idee aus der Facebook-Gruppe ‚Wi sünd Oostfreesen un dat mit Stolt', da wurde es ursprünglich als Aprilscherz angeboten", grinste Okko die anderen an. Alle schauten sich lachend an. „Scheiße Mann, die Facebook-Gruppe verfolgt uns sicher nun ein Leben lang, ich glaube ich trete da auch so langsam bei", lachte Okko und alle lachten noch mal herzlich und laut auf.

Epilog

Die in diesem Krimi beschriebene Heilige Linie von Ostfriesland wurde in den dreißiger Jahren in einer Schrift festgehalten und verfasst[3]. Mir war es sehr wichtig, gerade diese Linie wieder ein bisschen ins Gedächtnis zu rufen. Denn die Theorie dahinter beruht auf der Zeit der Friesen während der Christianisierung durch die Franken. Die alten heiligen Haine wurden von den Friesen verehrt, es waren für sie die Plätze, an denen sie ihre Götter verehren konnten. In der Zeit der Christianisierung wurden sie dann dem Erdboden gleichgemacht. Es wird vermutet, dass auf diesen Plätzen die ersten Holzkirchen errichtet wurden, und man so die Friesen zum christlichen Glauben zwingen wollte. Mit der Zerstörung der Haine sollte auch das Ende der Heiden signalisiert werden. Auf vielen dieser Haine wurden nach den Holzkirchen auch Kirchen aus Stein errichtet, sodass man heute noch eine Linie, die Heilige Linie Ostfrieslands, verfolgen kann. Den Mittelpunkt dieser Linie bildet mit der Sonnenaufgangs- und Sonnenuntergangslinie der Upstalsboom in Aurich Rahe.

---

[3] Siehe Quellennachweis

Archäologische Untersuchungen weisen Funde auf, nach denen der Upstalsboom als Erhöhung mit einer Grabstätte bedeutender Familien entstand. Auch sind regelmäßig Menschen am Upstalsboom, die von einer besonderen Energie dort berichten. Dabei liegt dieses besondere Energiefeld aber laut verschiedener Aussagen nicht am Denkmal, sondern hinter dem Denkmal auf der freien Fläche. Hier wird auch der Versammlungsplatz zur Zeit der friesischen Freiheit vermutet. Wie auch immer man es sieht, was auch immer man glaubt oder nicht, eines bleibt unbestritten:

Der Upstalsboom war, ist und bleibt einer der magischsten, rätselhaftesten und wundervollsten Orte Ostfrieslands. Jeder Besuch dort lohnt sich und berührt das Herz eines jeden Friesen.

In diesem Sinne herzlichst

EALA FRYA FRESENA

Euer Siegfried Klock

Danksagung

Zu guter Letzt möchte ich mich bei all denjenigen von ganzem Herzen bedanken, die mich bei der Fertigstellung des dritten Teils der Krimi-Trilogie rund um den Upstalsboom unterstützt haben: Bei meiner Freundin Sabrina Nikolic für die moralische Unterstützung während des gesamten Projekts - auch in stressigen Zeiten - und die mit wertvollen Ideen einige Buchszenen maßgeblich gestaltete. Bei Stefan Bents für die Bereitstellung der wundervollen Zeichnungen und - last but not least - bei meinen Mit-Administratoren und Moderatoren der Facebook-Gruppe „Wi sünd Oostfreesen un dat mit Stolt" deren Charaktere und Persönlichkeiten ich als Romanprotagonisten fiktiv verändern und daher verwenden durfte.

Quellennachweis:

Röhrig, Herbert; Heilige Linien durch Ostfriesland; Dunkmann Verlag 1930

Zum Autor

 Siegfried Klock wurde in Idafehn geboren.

Aus seiner Liebe zur ostfriesischen Heimat und seinem Interesse an regionalen politischen und ökonomischen Themen, entwickelte er seine Leidenschaft fürs Schreiben und Dichten in hoch- und plattdeutsch. In seinen Büchern verwendet er real existierende geografische und kulturelle Schauplätze. Damit gibt er den Lesern einerseits Einblicke in die aktuelle und historische Zeitgeschichte Ostfrieslands und erweckt andererseits die Neugier, die beschriebenen Schauplätze seiner Romane selbst zu entdecken.

Mit „Häuptlingstod am Upstalsboom" erschien der erste Teil seiner Krimi-Trilogie, gefolgt vom zweiten Teil „Friesenschwur am Upstalsboom". In der jetzt vollendeten Krimi-Trilogie verbindet er wieder Fantasie mit Realität und bezieht Episoden aus seiner Admin-Tätigkeit der genannten Facebook-Gruppen mit ein.

Bisher vom Autor im Verlag erschienen:

Häuptlingstod am Upstalsboom; Teil 1 der
Krimi-Trilogie; ISBN 9 783 751 982 894;
2. Auflage 2022

Friesenschwur am Upstalsboom: Teil 2 der
Krimi-Trilogie; ISBN 978 756 215 294; 2022

Wunnerbaar Fresenland Heimatleevde;
ISBN 978 375 571 32 89; 2021